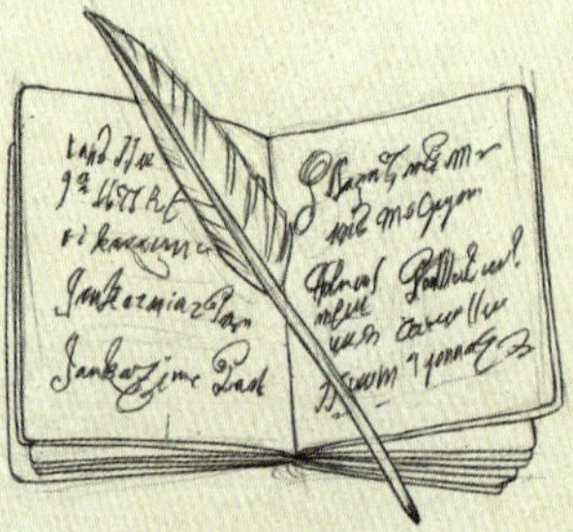

Dit boek is een creatie van:

STUDIO 100

Met medewerking van Nico de Braeckeleer, Saskia Martens, Laure de Mesmaeker, Karlien Laeremans, Inge Laenen, Hans Bourlon, Gert Verhulst en Anja Van Mensel.

Gebaseerd op het verhaal van de gelijknamige interactieve aflevering op Ketnet.be van Gert Verhulst, Hans Bourlon, Anja Van Mensel, Sven Duym, Gert-Jan Booy en Nico De Braeckeleer.

ISBN: 978-94-6277-624-1
WD/DL: D/2022/8069/45
NUR: 280

NachtWacht Academie

Het oog van Argusa

Ga jij mee naar Schemermeer?

Werkwijze

Als je gedacht had dat je met dit boek even rustig kon gaan zitten,
dan heb je het mis. Dit is niet zomaar een verhaal over de Nachtwacht;
oh nee, want dit is een verhaal over de Nachtwacht en JOU!
In de loop van het verhaal kom je voor moeilijke keuzes te staan.
Denk goed na, want elke keuze heeft gevolgen.
Spring door dit interactieve boek met meerdere verhaallijnen.
Dus niks te relaxen:
JIJ bepaalt hoe dit afloopt...

Hoofdstuk I

Vega

Op de houten staander in de geheime kamer staat het boek van Vega. Vega duikt plots op en kijkt de geheime kamer in. Zijn blik valt op een ander boek dat daar staat.

Vega is van plan om dat naar het Verboden Arsenaal te brengen. Hij wandelde net even rond in dat boek en de rillingen lopen hem nog over het lijf.

Het gaat over een vrouwelijke demon met een geestesoog. Heel akelig!
En gevaarlijk!
Vega besluit om toch eerst nog maar even een grappige strip te lezen voor hij het naar het Verboden Arsenaal brengt. Want echt veel zin om dat boek nog eens aan te raken, heeft hij eigenlijk niet.

Hoofdstuk 2

Rust in Schemermeer

Vlad, Keelin en Wilko zijn een eindje gaan wandelen. Nou ja, eigenlijk hebben ze hun Nachtwachtronde gedaan in Schemermeer om na te gaan of er ergens wezens of monsters te bespeuren zijn.

Vlad heeft niets speciaals opgemerkt. Keelin heeft niets vreemds gevoeld. Wilko heeft niets bijzonders geroken. Nu ja, toch geen monsters of wezens.

Wat hij wel voor bijzonders heeft geroken, zijn de worsten en ribbetjes op de barbecue van boer Teun. Mmm… heerlijk!

De Nachtwachters zijn op weg naar de herberg. Ze zijn van plan om Vega te gaan vertellen dat het rustig is in Schemermeer. Onderweg hebben ze het over enkele van de wezens die ze al hebben verslagen. Vlad denkt terug aan het gevecht tegen de Mummie. Dat was een heel gevaarlijk wezen. Hij kon windels afschieten en je zo gevangen nemen. Wilko herinnert zich het gevecht tegen het Panterwezen alsof het gisteren was. Het Panterwezen was heel sluw en kon iemand veranderen in een kat. Keelin vond de Tijdrover dan weer interessant, want spelen met de tijd is toch ook wel een coole kracht. Al pratend en lachend lopen de drie vrienden richting herberg.

Welke kracht zou jij kiezen?

Denk daar maar eens goed over na… wie weet kom je ooit wel eens voor die keuze te staan…

Wat weet je nog van deze monsters? We frissen graag je geheugen nog eens op!

Vega's rapport

De Mummie

Ben je het antwoord op zijn raadsel kwijt, dan stellen zijn windels je buiten strijd. Het laatste wat je dan nog aanschouwt, is zijn enge kop die gromt en snauwt.

Doel

- Vier specifieke slachtoffers meenemen naar de onderwereld om ze daar te offeren.
- Als de mummie daarin slaagt, wordt zijn oeroude en onverslaanbare leger opnieuw tot leven gewekt en zal hijde macht grijpen.

STERKTES

- *Legt zijn slachtoffers altijd een raadsel voor.*
- *Als ze het raadsel niet kunnen oplossen, wikkelt hij zijn slachtoffers in windels, waardoor ze geen kant meer op kunnen. Ze verliezen ook het bewustzijn en komen in een soort slaaptoestand terecht.*
- *De windels schieten uit zijn handen.*

Eigenschappen

Sterk, slim, eng, ongenadig, traag.

Zeer slim!

Gevaarscore op de Nachtwachtschaal

9,5/10

De windels schieten uit zijn handen zoals spinnenwebben bij Spiderman!

ZWAKTES

- *De mummie onderschat de mensen.*
- *Hij denkt iedereen te slim af te zijn met zijn raadsels, maar hij gaat zelf in rook op wanneer iemand wél het antwoord kent op zijn vraag.*

Ten minste houdbaar tot 24. VI. 3038

En ken je deze nog?

Vega's rapport

Het Panterwezen

Sterk als een leeuw en zwart als de nacht zoekt dit wezen naar negen nieuwe levens. Schuw z'n omhelzing anders is het te laat, of neem er vrede mee dat je als kat voort bestaat...

Val niet in katzwijm...

Doel

- Het panterwezen beschikt, net als een kat, over negen levens.
- Wanneer die negen levens op zijn, moet ze naar onze wereld komen om negen nieuwe levens te veroveren.
- Die negen levens kan ze dan opnieuw opgebruiken in de onderwereld.

9 LEVENS

Eigenschappen

Lenig, gracieus, sterk en snel als een kat.

Gevaarscore op
de Nachtwachtschaal

9/10

STERKTES

- *Betovert slachtoffers met haar charmes.*
- *Wanneer ze een slachtoffer kust, verandert hij of zij in een zwarte kat.*
- *Via die kus krijgt ze het leven van haar slachtoffer in handen.*

ZWAKTES

- *Water. Ze reageert heel schichtig en boos wanneer ze in contact komt met water.*

Ps: zelfs het stoerste panterwezen is doodsbenauwd voor water

Vega's rapport

De Tijdrover

Tijd stelen is wat hij doet,
en dat is voor niemand goed,
want hoe meer uren hij aaneenrijgt,
hoe minder tijd de ander krijgt.

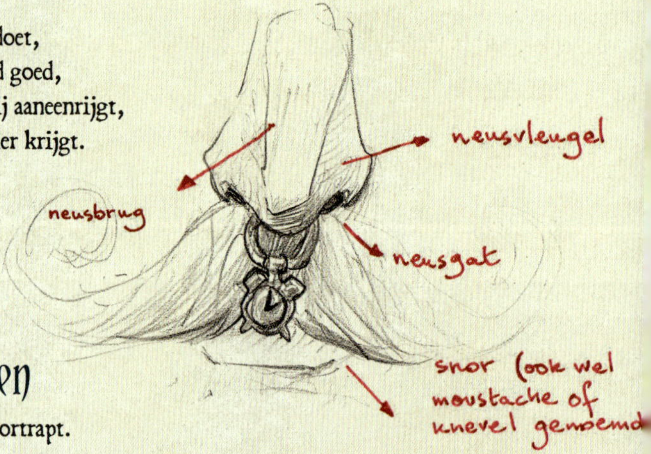

Eigenschappen

Snel, beredeneerd, doortrapt.

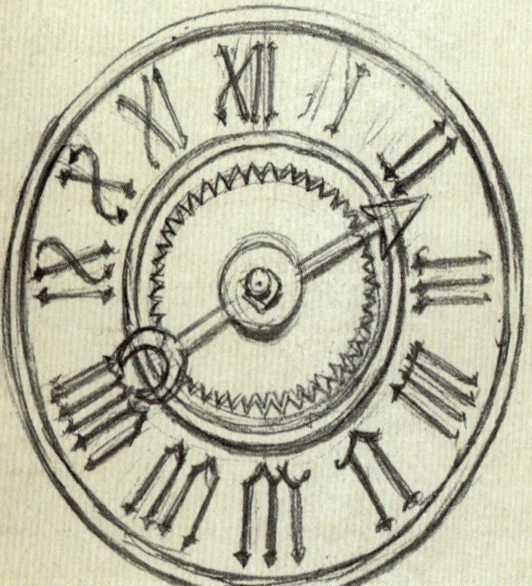

STERKTES

- *Zijn horloge dat de tijd doet terugdraaien.*
- *Onzichtbaar voor de meesten.*
- *Stipt.*
- *Haast en spoed zijn voor hem wel goed.*

ZWAKTES

- *Zichtbaar voor hen die niet om tijd malen.*
- *Fysiek niet echt sterk.*

Doel

Tijd stelen van mensen, zodat hij die voor zichzelf kan gebruiken en eeuwig kan leven.

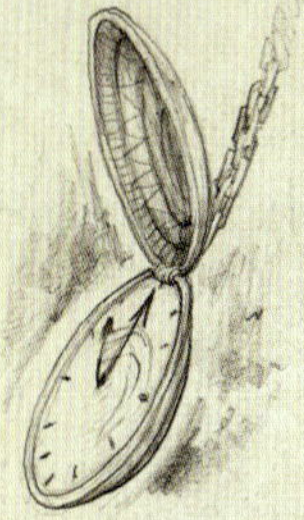

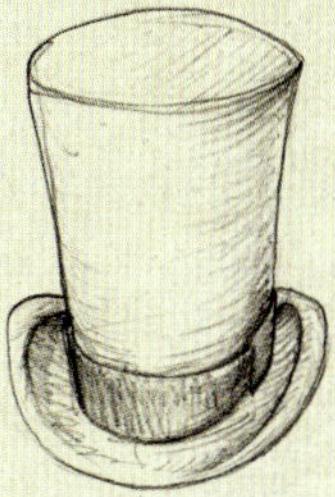

In zijn hoed bewaart hij altijd een voorraadje tijd...

Zijn verlanglijstje voor Kerst:

- een koekoeksklok van mahoniehout
- een kerktoren met minstens 6 klokken
- een pendule uit de 18e eeuw
- de zakhorloge van Einstein
- een radiowekker met een live orkest
- een aftelklok
- een klokring (= een ring met een mini-horloge)

Gevaarscore op de Nachtwachtschaal

8/10

zit altijd strak in het pak
(maar hij is een ordinaire dief)

96 cm

Hoofdstuk 3

Het geestesoog

Net voor de Nachtwachters de herberg betreden, houdt Keelin halt.
'Wacht eens, ik voel iets', zegt ze.
Ze voelt aan dat er iets mis is en steekt haar hand uit.

Ze richt haar handpalm naar voren om te proberen voelen wat er precies gaande is. 'Er is iets mis in de geheime kamer. Vega is in gevaar!'

De jongens schrikken en rennen samen met Keelin de herberg binnen. Ze sprinten door de gelagkamer, snellen de trappen op en hollen via de kast de geheime kamer binnen. Geschrokken zien ze hoe er een monsterlijk, groot, lichtgevend oog in de geheime kamer zweeft.

Het monsteroog kijkt naar Vega en trekt hem uit zijn boek. Niet in één keer, maar in kleine stukjes. Stukjes van Vega zweven door de lucht en worden opgeslorpt door het oog.

'Nééééé!' schreeuwt Vega, maar het monsterlijke oog stopt niet.

Al snel is Vega volledig verdwenen uit zijn boek. Het oog verdwijnt en de Nachtwachters horen de duivelse lach van een vrouw.

'Hahahahahahaha!!!'

Wilko, Vlad en Keelin staan aan de grond genageld. Het ging allemaal te vlug om nog iets te kunnen ondernemen.

'Wat was dat?' vraagt Keelin.

Wilko rent naar Vega's boek. 'Vega? Vega?! Hij is weg!'

'Hoe is dat monsterlijke oog door de magische barrière van de geheime kamer gebroken?' vraagt Vlad zich af.

Keelin schudt haar hoofd.

'Geen idee. Maar... Vega had het laatst nog over een boek over een vrouwelijke demon met een... hoe noemde hij dat... een geestesoog.'

'Dat ding zag er wel uit als een geestesoog', vindt Wilko.

'En het heeft Vega ontvoerd. We moeten dat wezen zoeken en hem redden!'

'Eerst uitzoeken hoe we die demon kunnen verslaan!' stelt Vlad voor.

Vlad kijkt naar de boekenkast. 'Maar Vega is weg. Hoe weten we nu in welk boek we moeten kijken? Heeft hij gezegd hoe dat wezen heette?'
'Nee', zegt Keelin. 'Maar dat boek moet hier ergens liggen.'

Beste lezer, kan jij de Nachtwacht helpen? Weet jij in welk boek de Nachtwacht de informatie kan vinden over het wezen met het geestesoog? Als je weet wat het juiste boek is, kan je verder lezen

Als je denkt dat het boek 1 is, ga dan naar pagina 114

Als je denkt dat het boek 2 is, ga dan naar pagina 115

Als je denkt dat het boek 3 is, ga dan naar pagina 24

Vlad neemt het boek met het oog op de cover uit de kast en opent het.
Hij bladert erin en leest.
'Dit boek gaat over Argusa. Argusa is een vrouwelijke demon. Als ze haar ogen sluit, kan ze met haar geestesoog op een andere plaats kijken.'
'Ja, dat hebben we gezien', zucht Wilko. 'Maar ze kon nog meer dan alleen kijken.'
'Klopt!' zegt Vlad en hij leest verder. 'Argusa en haar geestesoog hebben telekinetische krachten.
Ze kan dus dingen en mensen doen bewegen, zonder ze aan te raken. En als Argusa je in het echt ziet, kan ze je verstenen.'
Keelin leest even mee. 'Hier staat dat een vorige Nachtwacht haar heeft verjaagd. Maar dat ze de ad inferos niet hebben kunnen doen.'

Ze loopt dus nog ergens rond hier in Schemermeer',
beseft Wilko.
'Maar... waarom heeft ze Vega ontvoerd?' vraagt Vlad zich hardop af.
De Nachtwachters kijken elkaar aan. Ze hebben er geen flauw idee van.
'Staat er ergens hoe we dat mevrouwtje kunnen uitschakelen?' vraagt Wilko.
Vlad wijst een bepaalde passage aan in het boek. 'Hier staat het! Het geestesoog van Argusa kan je tijdelijk onschadelijk maken door het te raken met een kogel uit de katapult van Vultus. In de kern van die magische kogel moet je dan wel bloemblaadjes van de oranje Vultaresbloem steken.'
'De Vultaresbloem. Die groeit enkel in de Onderwereld.
In het Wiccabos', weet Keelin. 'Ik zal kijken waar dat precies is.'
Keelin gaat meteen op zoek naar de kaart van de Onderwereld.
'En die katapult, hoe vinden we die?' vraagt Wilko zich af.
'Staat dat er ook bij?'
'De katapult van Vultus is het laatst gezien in de kelders van de verlaten bibliotheek van Umbra', leest Vlad.
'Dat is ook in de Onderwereld.'
Keelin haalt de kaart van de Onderwereld boven. Ze legt ze op tafel, rolt ze deels open en wijst.

'Hier, de bibliotheek van Umbra ligt in de Schaduwzone. Dat gebied is verlaten na de opkomst van de Fluisterschimmen.'
Keelin rolt de kaart verder open en wijst naar een andere plek. 'En hier is het Wiccabos, in de Behekste Contreien.'
'Kunnen we door het portaal in het bos om daar te komen?' vraagt Wilko.
Keelin knikt. 'Ja, dat moet lukken.'
'We gaan', zegt Wilko, waarna hij meteen vertrekt. Hij loopt naar de kast en wil ze opentrekken, maar dat lukt niet.
'Wat meer groenten en fruit eten, Fifi!' grijnst Vlad.
Wilko trekt opnieuw aan de kastdeur, maar krijgt ze nog steeds niet open.
'Die deur zit muurvast!'

Vlad komt helpen, maar ook hij krijgt ze niet open.
'Hoe kan dat?' vraagt Wilko zich af. 'Zou die Argusa hierachter zitten?'

Keelin voelt met haar hand richting de deur. 'Ja. Zij heeft met haar telekinetische krachten de deur vergrendeld.'
Vlad zucht. 'We zijn dus opgesloten. Wat nu?'
Keelin aarzelt niet en haalt meteen een potje kruiden boven.

'Ik heb hier iets voor noodgevallen. Inter orbis-gruis. Daarmee kan ik jullie naar een plaats op de kaart in de Onderwereld teleporteren.'
'Stuur mij maar naar die verlaten bibliotheek', zegt Vlad. 'Dan ga ik op zoek naar de katapult van Vultus. Hoe zat dat met die schaduwfluister-dingen?'
'De Fluisterschimmen', verbetert Keelin hem. 'Die dolen daar rond. Zorg dat je ze ontwijkt, want als ze je aanraken verander je in een van hen.'
Vlad knikt om aan te geven dat hij voorzichtig zal zijn.
'En ik ga in het Wiccabos die oranje bloem plukken', beslist Wilko. 'Zodat we de blaadjes ervan in de kogels kunnen stoppen.'
'Dat bos is behekst, dus wees heel voorzichtig', waarschuwt Keelin hem.

'Dan gaan we toch samen, met jouw hulp moet het zeker lukken', stelt Wilko voor.
'Ik kan niet mee', zegt Keelin. 'Ik kan alleen anderen transporteren via de kaart, niet mezelf. Ik blijf hier en zoek uit waar die Argusa zich schuilhoudt.'
Vlad twijfelt. 'Maar wat als ze terugkomt, bijvoorbeeld voor dat boek? Zij weet ook wel dat daar informatie in staat over hoe we haar kunnen verslaan.'
'Dan ga ik het gevecht met haar aan! Of ik zoek een manier om hier weg te geraken!'
Vlad zegt met lichte tegenzin: 'Oké, we hebben geen andere keuze.'
'Oh, en dit nog', zegt Keelin. Ze neemt een potje met confetti-achtige gekleurde en glimmende kruiden uit een schuif, opent het en strooit de kruiden over Vlad, Wilko en zichzelf.

'Is dit nu het moment om carnaval te vieren?' vraagt Wilko een beetje kwaad.
'Dit is Specolor-kruid', legt Keelin uit.

'Het zorgt ervoor dat we een tijdje met elkaar kunnen praten via reflecties van spiegels of andere oppervlakken die weerkaatsen. Om contact op te nemen, moet je met je hand over het oppervlak wrijven.'
'Slim, Keelin', vindt Vlad.

Met wie wil je mee?

Blijf je bij *Keelin* in de geheime kamer?

Lees dan gewoon verder op de volgende pagina.

Met *Wilko* naar het Wiccabos?

Ga naar pagina 40

Met *Vlad* naar de verlaten bibliotheek?

Ga naar pagina 48

Hoofdstuk 4

Keelin

Keelin gebruikt het inter orbis-gruis om Wilko en Vlad te teleporteren. Wilko flitst ze naar het behekste Wiccabos en Vlad naar de verlaten bibliotheek van Umbra.

Wanneer haar twee vrienden verdwenen zijn, bladert ze in een boek over planten en kruiden. Ze wil eerst proberen na te gaan hoe ze hier weg kan geraken. Nadien gaat ze in het boek over Argusa op zoek naar diens schuilplaats.

Keelin vindt niet meteen wat ze zoekt in het boek over planten en kruiden, tot ze op een bepaalde pagina belandt.

Daar staat hoe ze een speciaal kruidenmengsel kan maken zodat ze zichzelf toch naar een andere plaats kan flitsen.

Ze legt het boek opzij en wil eraan beginnen, maar het boek sluit vanzelf weer. Het is een magisch-magnetisch boek. Het sluit vanzelf omdat de twee kaften elkaar aantrekken. Keelin moet dan ook heel wat moeite doen om het open te houden en ondertussen het recept te lezen.

Het kruidenmengsel moet worden gemaakt van zeven verschillende soorten kruiden. Die zijn in het boek getekend en er staat informatie bij in elfentaal. Ze pakt de potjes met de kruiden die ze nodig heeft en mengt ze in een kom.

Dan komt ze bij het laatste kruid, paars van kleur. Het Libelluskruid. Ze pakt het potje met het kruid, maar dat is leeg.

Keelin beseft dat ze niet weggeraakt uit de geheime kamer zonder dat Libelluskruid. Voor ze kan nadenken wat ze gaat doen, komt Vega plots weer in zijn boek op de staander gerend.

'Keelin!' roept hij angstig.

Keelin snelt naar Vega's boek. 'Vega?'

'Ik ben ontsnapt, maar die Argusa kan ieder moment merken dat ik weg ben.'

'Waarom heeft ze jou ontvoerd?'

'Dat weet ik niet. Maar jullie moeten haar verslaan, en snel! Kijk in de kist daar op de grond. Daarin zit een doos met wapens waar je misschien iets aan hebt. Een boemerang van magisch Palosanto-hout en een krachtige Radiantlamp! En haar geestesoog kan je met de kata...'

'Ja, dat weten we!' onderbreekt Keelin Vega. 'Vlad en Wilko zijn al onderweg om die katapult en de speciale munitie te halen!'

'Goed zo! Ik had nooit in dat boek van Argusa mogen rondlopen. Daardoor kon ze me vinden en ontvoeren.'

'Waar hield ze je gevangen?'

'In dat oude kasteel aan de andere kant van het bos, het Ravenkasteel. Luister, om die doos met wapens te openen moet je het symbool draaien met hulp van de speciale kandelaa...'

Voor Vega zijn zin kan afmaken, verschijnt het monsterachtige, lichtgevende oog van Argusa weer in de geheime kamer. Het zweeft in het midden van de kamer.

'Je dacht toch niet dat je aan mij kon ontsnappen!' klinkt een diepe vrouwenstem uit het oog.

'O nee!' huivert Vega.

Er komt een magische lichtstraal uit het oog van Argusa. Die komt op het boek van Vega terecht. Vega wordt wederom uit het boek gezogen. Stukjes Vega vliegen door de lucht en belanden in het oog.

'Hèèèlp!' schreeuwt Vega.

Keelin aarzelt niet en transformeert naar haar elfengedaante. De getransformeerde Keelin pakt elfenstof uit haar haren en gooit het richting het monsterlijke oog van Argusa.

'Reditu...'

Maar voor Keelin haar elfenspreuk kan uitspreken, draait het zwevende oog naar Keelin toe en schiet een lichtstraal op haar af. De elf kan opzijspringen, maar de straal schampt haar en ze valt op de grond.

Papieren waaien door de ruimte door de bovennatuurlijke wind die het oog veroorzaakt.

'Jij kan niet van mij winnen, elfje', zegt de bulderende stem van Argusa. 'En dit... is van mij.'

Het oog straalt naar het boek waar de info over Argusa in staat. Het boek zweeft draaiend omhoog en verdwijnt in het oog.

Keelin komt overeind. Maar voor ze verder iets kan ondernemen, verdwijnt het geestesoog van Argusa.

'Néé! Vega!' roept Keelin.

Het geestesoog van Argusa heeft Vega opnieuw ontvoerd, en het heeft ook het boek meegenomen waarin staat hoe ze Argusa kunnen verslaan. Gelukkig hebben Keelin, Vlad en Wilko al enkele belangrijke dingen gelezen in dat boek...

Keelin beseft dat ze Argusa zo snel mogelijk moeten verslaan. Ze besluit meteen de kist met wapens waarover Vega het had, open te maken.

Ze zet de wapendoos op tafel, maar krijgt ze niet open. Zuchtend denkt Keelin na over wat ze kan doen om ze te openen.

Terwijl ze om zich heen kijkt, valt haar blik op het uitgesneden Keltische Triskelion-symbool op de doos. Vega had het toch over een symbool! Hij zei dat je om de doos met wapens te openen je het symbool moest draaien met behulp van de speciale kandelaar! Maar welke kandelaar?

Keelin kijkt rond, steekt haar hand uit en draait haar handpalm naar voren. Met haar hand voelt ze om zich heen. 'Triskelion, waar ben je? Waar?'

Haar hand leidt haar naar een kandelaar die op een plank staat. Keelin bekijkt hem grondig.

Op de onderkant vindt ze het uitgekerfde Triskelion-symbool.

'Aha!'

Keelin zet de kandelaar in het symbool op de wapendoos.

De Triskelion-symbolen passen perfect in elkaar. Vervolgens draait ze de kandelaar, waardoor het slot van de wapendoos openklikt.

Gelukt!

Er zitten een boemerang en een lamp in. De magische boemerang en de Radiantlamp!

'Bingo!' juicht ze. 'Hiermee kunnen we Argusa misschien verslaan!'

Keelin wikkelt de spullen in een doek en gaat naar haar kruidentafel. Ze pakt het lege potje Libelluskruid. Ze beseft dat ze om hier weg te geraken dat kruid nodig heeft. Maar hoe geraakt ze eraan?

Opeens beseft ze dat het antwoord 'Wilko' is. Hij is in het bos!

Ze loopt naar de spiegel die naast de kruidenkast hangt en wrijft over het oppervlak. De spiegel verandert in golvend water, waarna er stukjes van het bos zichtbaar worden. Hoe langer ze over de spiegel wrijft, hoe duidelijker het bos zichtbaar wordt.

'Wilko!' roept ze.

Er komt niet meteen reactie. Daarom roept ze nog eens.

'Wilko!'

Het gezicht van Wilko duikt op in de spiegel.

'Keelin!' zegt hij. 'Je had me weleens mogen waarschuwen! De planten hier in dat stomme bos vallen mij aan!'

'Ik heb toch gezegd dat het behekst is! Maar gelukkig ben je in orde. Kan jij me helpen? Ik heb Libelluskruid nodig om hier weg te geraken.'

Keelin houdt het lege potje voor de spiegel. Er kleeft een symbool van een paars kruid op. 'Zo ziet het kruid eruit. Paarse bloemen die boven op een heuvel groeien. Waar ik soms kruidenthee van maak!'

'Ah ja, waar je die stinkthee van brouwt!' zegt Wilko. 'Ik ga ernaar op zoek!'

'Pas op, want in de buurt daarvan groeit ook altijd roze tijdskruid! Dat lijkt erop. Dat moet je zeker niet plukken, want dan reis je terug in de tijd!'

'Nee, nee! Ik ken het verschil tussen paars en roze, hè!'

'Wees voorzichtig!' zegt Keelin nog, maar Wilko reageert niet meer. Zijn gezicht verdwijnt uit de spiegel. Het bos verdwijnt en de spiegel wordt weer een gewone spiegel die het gezicht van Keelin weerkaatst.

Keelin gaat naar haar kruidentafel. Wanneer ze daar net staat, ziet ze beweging vanuit haar ooghoek. Ze draait zich om en merkt dat het oppervlak van de spiegel opnieuw begint te rimpelen.

Dit keer verschijnt Vlad in de spiegel. Hij ziet er heel slecht uit, versuft, slaperig. Hij bevindt zich in een bibliotheek, maar groene rook kringelt rondom hem.

'Keelin...' zegt hij suf, waarna hij hoest.

'Vlad! Wat is er?' vraagt Keelin geschrokken.

Vlad hapt naar adem. 'Groene rook... ingeademd... Ik... ik voel me slaperig... ruikt naar appels...'

'Groene rook... geur van appels... O nee! Dat is gifgas van de Manzanillaboom!' beseft Keelin. 'Daarvan val je in slaap! Voor altijd... Ik probeer je te helpen met een spreuk! Maar die moet door dit portaal, dus ik hoop maar dat ze werkt.'

Keelin haalt elfenstof uit haar haren en richt dat naar de spiegel. 'Venenum lacus ad destinatum!'

Het elfenstof blijft hangen voor de spiegel. Keelin richt haar handen en probeert mentaal het elfenstof erdoor te duwen.

'Ad destinatum... Ad destinatum...!' herhaalt ze steeds opnieuw.

Een windvlaag en een lichtflits, en het elfenstof verdwijnt door de spiegel heen.

Gelukt!

Maar het heeft haar heel wat krachten gekost. Zoveel zelfs dat Keelin haar elfengedaante niet kan aanhouden. Ze hapt naar adem.

In de spiegel ziet ze dat Vlad er meteen weer helemaal beter uitziet.

'De rook is weg!' zegt Vlad. 'Ik voel me weer veel beter. Bedankt! En we hebben de katapult gevonden!'

Keelin knikt blij, maar vermoeid. 'Argusa zit in het Ravenkasteel! Daar spreken we af!'

'Oké!'

Het gezicht van Vlad verdwijnt uit de spiegel.

Keelin moet even bekomen van de intense spreuk, want die heeft veel krachten gevergd. Terwijl ze aan het bekomen is, verschijnt Wilko in de spiegel.

'Keelin! Ik heb dat Libelluskruid van jou! Hoe geef ik het door?' vraagt hij.

'Gewoon. Via het oppervlak dat jou weerspiegelt!'

'Oké!'

De hand van Wilko komt door het spiegeloppervlak heen. Keelin neemt het paarse Libelluskruid aan.

'Bedankt, Wilko!'

'Gaat het wel goed met je?' vraagt Wilko, omdat hij merkt dat Keelin er vermoeid uitziet.

'Ja, ja! Pas op voor valstrikken als je die Vultaresbloem plukt!'

'Geen zorgen. Komt goed!'

'Als je de bloem hebt, kom dan naar het Ravenkasteel. Daar verbergt Argusa zich.'

'Doe ik!'

Het gezicht van Wilko verdwijnt in de spiegel.

Keelin loopt terug naar haar kruidentafel, trekt de paarse blaadjes van het Libelluskruid en doet ze in een kom. Daarna mengt ze de verschillende kruiden door elkaar. Ze doet dat heel rustig zodat ze even op adem kan komen. Wanneer de kruiden genoeg gemengd zijn, komen er rookwolken uit het mengsel.

'Klaar!' zegt Keelin verheugd.

Ze neemt het doek met de lamp en de boemerang vast en gaat in de rook staan.

'Naar het Ravenkasteel!' zegt ze, waarna de rook van het kruidenmengsel haar omhult en ervoor zorgt dat ze naar het kasteel wordt geflitst.

* *Lees verder op pagina 56.*

Hoofdstuk 5

Wilko

Keelin gebruikt het inter orbis-gruis om Wilko en Vlad te teleporteren. Van zodra het gruis over Wilko heen dwarrelt, flitst hij weg. De geheime kamer is verdwenen en hij bevindt zich plots te midden van een bos. Dit moet het behekste Wiccabos zijn. Was reizen maar altijd zo gemakkelijk!

Wilko loopt door het bos. Hij ziet enkele doodskoppen hangen. Er klinken enge geluiden.

Gezellig bosje, denkt hij. Maar bang is hij nooit. Nou ja, bijna nooit.

Wilko vraagt zich af waar hij die oranje Vultaresbloem ergens zou kunnen vinden. Hij ziet alleen maar bomen en planten.

Opeens komt er een liaan in beweging. Die kruipt langzaamaan achter Wilko aan en valt hem dan aan. De liaan windt zich rond het middel van Wilko. Die grijpt de liaan met beide handen vast en rukt er hard aan. De liaan breekt.

Wilko grijnst. 'Tegen een weerwolf valt niets te beginnen!'

Hij loopt verder, maar plots komen er meerderde lianen op hem af gekropen over de bosgrond. Voor hij kan weglopen, winden ze zich om zijn voeten. Wilko wordt onderuit getrokken en gaat hard tegen de grond. Voor hij de lianen van zijn voeten kan wegdoen, komen er andere lianen naar hem toe gekropen. Razendsnel. Ze wikkelen zich om zijn armen.

Wilko probeert zich tevergeefs los te maken. Hij is bang dat hij gevangenzit en hier nooit meer losgeraakt.

Met een laatste krachtinspanning spant Wilko al zijn armspieren op en probeert hij zich los te rukken. De liaan rond zijn rechterarm breekt. Dat is voldoende voor Wilko. Met zijn rechterhand kan hij ook de liaan rond zijn linkerarm breken. Vervolgens trekt hij met zijn handen de lianen kapot die zich rond zijn benen hebben gewonden.

Wilko gooit de lianen weg, richt zich op en stapt verder.

'Wilko!'

Hij hoort de stem van Keelin. Hij kijkt om zich heen, maar ziet haar niet.

'Wilko!' hoort hij zijn elfenvriendin opnieuw roepen.

Wilko kijkt achterom en zijn blik valt op een plas water in het bos. Daarin ziet hij het gezicht van Keelin. Hij loopt naar de waterplas toe en knielt ernaast.

'Keelin!' zegt Wilko. 'Je had me weleens mogen waarschuwen! De planten hier in dit stomme bos vallen me aan!'

'Ik had toch gezegd dat het behekst is! Maar gelukkig ben je oké. Kan jij me helpen? Ik heb Libelluskruid nodig om hier weg te geraken.'

Wilko ziet hoe ze een kruidenpotje omhooghoudt.
'Zo ziet het eruit', zegt Keelin. 'Paarse bloemen die boven op een heuvel groeien. Waar ik soms kruidenthee van maak!'
'Ah ja, waar je die stinkthee van brouwt!
Ik ga ernaar op zoek!'
'Pas op, want in de buurt daarvan groeit ook altijd roze tijdskruid!
Dat lijkt erop. Dat zeker niet plukken!'
'Nee, nee! Ik ken het verschil tussen paars en roze, hè!'
'Wees voorzichtig!'

Wilko knikt en loopt weg van de plas. Hij kijkt om zich heen, op zoek naar het paarse Libelluskruid. Op dat ogenblik openen de blaadjes van een grote bloem die op een rode peper lijkt.
'Dat lijkt wel een peperbloem', grijnst Wilko.
Maar plots spuwt de peperbloem een rode vloeistof in de ogen van Wilko. Wilko grijpt meteen naar zijn gepijnigde ogen.
'Auw! Mijn ogen!
Dat prikt!'

Wilko moet even bekomen van de pijn. Hij knippert enkele keren. Het duurt een tijdje voor hij weer iets kan zien. Half op de tast, gaat hij verder op zoek naar het Libelluskruid.
Boven op een heuvel merkt hij het op. Ernaast groeit het roze tijdskruid. Keelin heeft hem daarvoor gewaarschuwd, dus hij plukt uiteraard het paarse Libelluskruid.

Het prikken van zijn ogen wordt gelukkig steeds minder.
Met het paarse kruid in de hand loopt hij terug naar de plas. Met de palm van zijn hand gaat hij even over het wateroppervlak. Dat begint te golven en er straalt een beetje licht uit. Het gezicht van Keelin verschijnt in het water. Ze is nog steeds aanwezig in de geheime kamer.

'Keelin! Ik heb dat Libelluskruid! Hoe geef ik het door?'
'Gewoon. Via het oppervlak dat jou weerspiegelt!'
'Oké!'
Wilko steekt het paarse kruid in de waterplas. Keelin neemt het aan.
'Bedankt!'
Wilko merkt dat haar stem een beetje flauwtjes klinkt.
'Gaat het wel goed met je?' vraagt hij.
'Ja, ja! Pas op voor valstrikken als je die Vultaresbloem plukt!'

'Geen zorgen. Komt goed!'

'Als je de bloem hebt, kom dan naar het Ravenkasteel. Daar verbergt Argusa zich.'

'Doe ik!'

Het gezicht van Keelin verdwijnt in de waterplas.

Wilko wrijft nog even in zijn ogen. Dat prikspul lijkt gelukkig bijna helemaal uitgewerkt.

De Nachtwachter stapt verder door het bos. Hij heeft het gevoel dat iemand of iets hem in de gaten houdt. Af en toe kijkt hij om zich heen. Hij snuift, maar ruikt niet meteen iets speciaals.

Na een tijdje belandt hij bij een open plek waar oranje bloemen bloeien.

De Vultaresbloem! Wilko beseft dat ze met de blaadjes daarvan de kogels van de magische katapult kunnen vullen.

Hij loopt naar de bloem, maar voor hij ze plukt, kijkt hij even voorzichtig om zich heen. Keelin zei namelijk dat hij moest oppassen voor valstrikken, maar hij ziet er geen.

Wilko bukt zich dan toch en plukt de bloem. Maar daardoor valt er plots een boom om.

Hij merkt het te laat, kijkt verschrikt omhoog en valt op zijn rug. De boom valt boven op hem.

Met zijn handen houdt hij de zware stam met moeite tegen. Wilko probeert de boomstam puffend van zich af te duwen, maar dat lukt niet meteen.

Al de kracht die in hem zit, verzamelt hij in zijn armen. Hij hijgt en puft en duwt met een enorme krachtinspanning de boom omhoog. Beetje bij beetje slaagt hij erin de boom op te tillen tot hij eronderuit kan. Hij glipt ervanonder en de boom valt neer in het gras.

Wilko is opgelucht. Een platte weerwolf is tenslotte ook geen gezicht!

Hij keert terug naar de Bovenwereld. Op naar het Ravenkasteel!

* *Lees verder op pagina 56 als je wil doorgaan met het avontuur.*

Hoofdstuk 6

Vlad

Keelin gebruikt het inter orbis-gruis om Wilko en Vlad te teleporteren. Van zodra het gruis over Vlad heen dwarrelt, flitst hij weg. De geheime kamer is nergens meer te bespeuren en hij staat in een keldergewelf van een vervallen en verlaten bibliotheek. Dat moet de bibliotheek van Umbra zijn!

Vlad wandelt door het keldergewelf. Het staat er vol oude houten planken die boordevol stoffige boeken liggen. Vega zou zich hier waarschijnlijk thuis voelen.

Vlad houdt de pas in wanneer hij gefluister hoort.

Buiten dondert het, gevolgd door een weerlicht. De bliksemflits toont de schaduw van iets dat over de muur kronkelt.

'Fluisterschimmen!' beseft Vlad. Die mogen hem niet opmerken!

Vlad verstopt zich achter een boekenkast. Het gefluister wordt luider. Een bliksemflits toont de schaduw die voorbij Vlad schuift. Het gefluister neemt gelukkig af.

Echt gezellig kan je het hier niet noemen, maar Vlad is zelf een vampier, dus ook niet zo snel bang van andere wezens of monsters.

De Nachtwachter stapt verder en komt bij een open kast met boeken en papyrusrollen. Hij neemt wat dingen vast, kijkt rond, maar ziet niets bijzonders. Tot zijn blik op een grote papyrusrol valt.

De rol is verzegeld met een dik wassen zegel.

Vlad pakt de papyrusrol op. Het zegel is een afbeelding van een katapult. Zou dat een aanwijzing zijn?

Hij rolt de papyrusrol open. Het is een onbeschreven stuk perkament.

Geen aanwijzing dus, beseft Vlad. Tenzij er een geheime boodschap op staat!

De Nachtwachter loopt naar een bureau waarop een kandelaar staat. Hij steekt de kaarsen aan.

Hij beseft dat het licht of de warmte weleens een geheime boodschap zou kunnen laten verschijnen op het lege blad.
Vlad houdt het papier boven de kaarsen. Jammer genoeg gebeurt er niets. Er komt geen tekst tevoorschijn.

De Nachtwachter beseft dat een boodschap op papier soms pas zichtbaar wordt als je er hard over krast!
Hij rolt de papyrus open en krast erover met een stukje hout dat hij vindt.
Het werkt! Er verschijnt iets. Maar het is geen tekst.
Het is een vreemd symbool.

Vlad mag dan al heel lang leven en veel weten, hij heeft geen idee wat het symbool betekent.
Voor hij er verder over kan nadenken, klinkt er buiten alweer een donderslag. De bliksemflits die erop volgt, toont schaduwen die naderbij komen. Vlad hoort opnieuw het gefluister. Al snel volgt een volgende donderslag en een bliksemschicht. Een koude windvlaag baant zich een weg door het keldergewelf en dooft de kaarsen. De papyrusrol wordt van het bureau geblazen. Vanaf de andere kant glijden er ook schaduwen door de keldergewelven.
Vlad kijkt om zich heen. Hij beseft dat de fluisterschimmen eraan komen! Hij moet hier weg! En snel! Hij verandert liever zelf niet in een fluisterschim!
Vlad sluipt weg, maar de fluisterschimmen achtervolgen hem. Hij versnelt zijn pas en rent door de keldergewelven. Hij verstopt zich in een andere ruimte. De schaduwen glijden hem voorbij.
De Nachtwachter zucht opgelucht. Hij hoopt dat hij ze heeft afgeschud. Voorlopig toch.
Zijn oog valt op een kast. Op de deur van de kast staan drie symbolen. Ze lijken alle drie op elkaar.

Vlad rammelt aan de kastdeur, maar die is gesloten. Hij beseft dat een van de drie symbolen hetzelfde is als dat op dat papier. Maar welk? Hij kan het zich niet echt meer herinneren. En de papyrusrol is weggewaaid.

Weet jij nog welk symbool het is?

Vlad drukt op het onderste symbool, maar de kastdeur gaat niet open. Vervolgens probeert hij het middelste, maar ook dat is niet het juiste. Daarom probeert hij het bovenste symbool. Dat blijkt wel het juiste. Het symbool licht groen op en de kastdeur klikt open.

In de kast hangt op ooghoogte een bord. Daaraan hangt een houder met daarin de magische katapult. Ernaast hangt een linnen zakje waarin kogels zitten.

'De magische katapult van Vultus!' grijnst Vlad.

Hij pakt de katapult en trekt de houder mee los. Daardoor ontstaat een gat waaruit groene rook tevoorschijn komt. Vlad krijgt de groene rook in het aangezicht. Het beneemt hem de adem. Hij hoest en zakt door zijn knieën.

Een boobytrap, beseft hij te laat.

Vlad beseft dat deze rook gevaarlijk is. Hij voelt hoe zijn longen zich vullen met het goedje. Hij moet zo snel mogelijk Keelin om hulp roepen. Maar hoe?

Vanuit zijn ooghoek ziet hij een spiegel. Moeizaam kruipt hij er op handen en knieën naar toe. Met zijn laatste krachten wrijft hij over de spiegel in de hoop contact te kunnen leggen met Keelin. Hopelijk kan zij hem helpen...

'Keelin...'

Tot zijn opluchting verschijnt Keelin in de spiegel.

Keelin kijkt hem bezorgd aan. 'Vlad! Wat is er?'

'Groene rook... ingeademd... Ik... ik voel me slaperig... ruikt naar appels...'

Vlad merkt dat Keelin diep nadenkt.

'Groene rook... geur van appels... O nee! Dat is gifgas van de Manzanillaboom! Daarvan val je in slaap! Voor altijd...

Ik probeer je te helpen met een spreuk! Maar die moet door dit portaal, dus ik hoop maar dat ze werkt.'

Keelin haalt elfenstof uit haar haren en richt dat naar Vlad.

'Venenum lacus ad destinatum!'

Vlad ziet dat het elfenstof blijft hangen voor de spiegel. Hij kan zich nauwelijks nog bewegen. Zijn spieren lijken verlamd. Raspend probeert hij zuurstof in zijn longen te zuigen. Hij hoest.

Keelin richt haar handen en probeert het elfenstof erdoor te duwen. 'Ad destinatum... Ad ... Destinatum!' herhaalt ze.

Een windvlaag en een lichtflits. Het elfenstof stroomt uit de spiegel over Vlad. De windvlaag blaast de rook weg.

Vlad voelt zich op slag weer helemaal fit en haalt opgelucht adem.

Hij ziet in de spiegel dat Keelin haar elfengedaante niet meer heeft door de intense inspanning om hem te redden.

'De rook is weg!' zegt hij tegen Keelin. 'Ik voel me weer veel beter. Bedankt! En we hebben de katapult gevonden!'

Vlad merkt dat Keelin er vermoeid uitziet na haar elfenspreuk. Het heeft haar duidelijk veel krachten gekost.

'Argusa zit in het Ravenkasteel!' vertelt Keelin hem.

'Daar spreken we af!'
'Oké!'
Het gezicht van Keelin verdwijnt in de spiegel.
Vlad richt zich op, steekt de magische katapult en het zakje kogels weg en vertrekt naar het Ravenkasteel.

Hoofdstuk 7

Het Ravenkasteel

Vlad, Keelin en Wilko sluipen samen door het bos, voorzichtig. Je weet maar nooit dat het oog van Argusa ergens zou opduiken.

'Tijd om Argusa samen te verslaan', zegt Wilko vastberaden tegen zijn vrienden.

Wilko loopt voorop. Achter hem wandelt Vlad. Die heeft de katapult van Vultus vast. Keelin loopt achteraan. Ze draagt het doek met de wapens en het zakje met kogels. In de kern van de kogels heeft ze de blaadjes van de Vultaresbloem gestopt. De Nachtwacht is klaar voor de strijd!

Na een fikse wandeling arriveren Vlad, Keelin en Wilko aan het Ravenkasteel. Het kasteel is vervallen, maar ooit moet het een prachtig gebouw zijn geweest.

Keelin geeft het zakje kogels terug aan Vlad.

'Bedankt', zegt Vlad.

'Ik schiet wel met die katapult', beslist Wilko. 'Weerwolven hebben het beste zicht.'

Wilko wil de katapult van Vlad afnemen, maar die houdt het wapen bij zich.

'Maar weerwolven zijn ook het meest roekeloos', zegt hij.

'Zonder die bloemblaadjes, die IK heb gehaald, kon je sowieso niet schieten', laat Wilko vallen.

'Zonder die magische katapult die IK heb gevonden wel dan?' vraagt Vlad terecht.

'Jongens kom op. We moeten Vega redden', maakt Keelin een einde aan hun gekibbel.

Vlad en Wilko kijken elkaar even aan. Vlad geeft de katapult en de kogels dan maar aan Wilko. 'Oké, prima. Hier!'

Wilko is er blij mee, maar beseft dan dat hij zich eigenlijk toch wel kinderachtig gedroeg. 'Ik had misschien niet…'

'Zorg maar gewoon dat je raak schiet', zegt Vlad.

De Nachtwachters stappen op het kasteel af. Wilko opent de poort. Hij tuurt naar binnen en snuffelt. Het is aardedonker in het kasteel. Wilko gebaart zijn vrienden om hem te volgen.

Vlad en Keelin stappen achter hem aan naar binnen. Keelins opgevouwen doek blijft steken in de deuropening. Even denkt Keelin dat het doek ergens blijft aan vasthangen. Aan een nageltje of zo. Maar dat blijkt helemaal niet het geval. Het doek zweeft in de lucht en wil niet mee het kasteel binnen, alsof er een onzichtbare barrière hangt.

'Wat is er?' vraagt Vlad omdat Keelin in de deuropening blijft staan.

'Het lijkt alsof iets de wapens tegenhoudt.'

'Hoe kan dat?' vraagt Wilko.

Vlad heeft er geen idee van hoe het komt. Keelin krijgt plots wel een vermoeden. Ze gaat terug naar buiten en haalt de twee wapens uit het doek.

'Ik denk dat het hierom gaat', zegt ze. 'Die wapens.'

Keelin houdt de wapens allebei samen in de deuropening. Ze geraken niet door de onzichtbare barrière. Daarom probeert ze de wapens een voor een naar binnen te steken. Dat lukt wel.

'Kijk', zegt ze. 'Er kan maar één wapen naar binnen. Ik vrees dat dit kasteel niet allebei de magische wapens toelaat.'

'Dan moeten we kiezen welk van beide voorwerpen we mee

naar binnen nemen: de boemerang of de lamp', zegt Wilko. 'Welk voorwerp nemen we?'

'Ik weet niet wat het beste is.'

Vlad en Wilko hebben er ook geen idee van. De drie kijken elkaar een beetje radeloos aan.

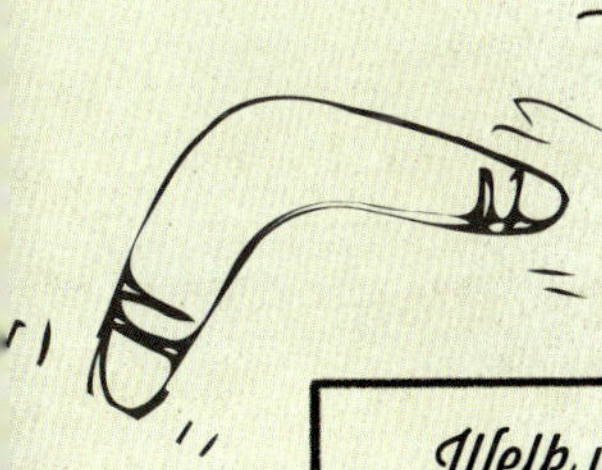

Als je vindt dat ze de ***magische boemerang*** moeten meenemen, ga dan naar de volgende pagina.

Welk wapen moeten Vlad, Keelin en Wilko meenemen in het kasteel?

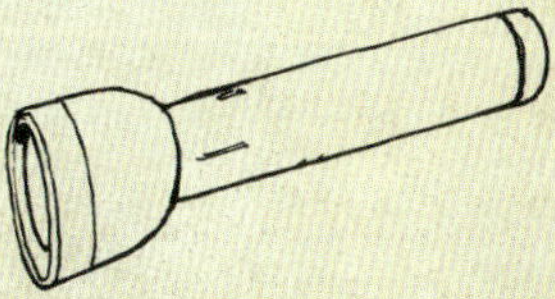

Als je denkt dat ze beter de ***Radiantlamp*** meenemen, ga dan naar pagina 68.

Hoofdstuk 8

Op weg met de boemerang

Vlad pakt de boemerang en steekt die onder zijn jas. Samen met Keelin en Wilko betreedt hij het kasteel. Ze lopen door een donkere, vervallen gang. Spinnenwebben hangen aan de muren en aan het plafond.

Hier en daar staat een ridderharnas. Alles zit onder een dikke laag stof.

Keelin loopt voorop en voelt met haar hand. 'Het is daar naar rechts.'

Ze loopt door een deuropening en wil rechtsaf slaan, maar om de bocht in de gang zweeft een geestesoog van Argusa.

Keelin houdt de pas in en duikt snel terug. 'Pas op, daar is zo'n geestesoog.'

Wilko en Vlad blijven staan en drukken zich met hun rug tegen de muur. Het oog kijkt even hun kant op, maar ziet hen niet.

'Ik schakel het oog wel uit', zegt Wilko stoer.

Hij geeft het zakje met kogels aan Vlad en haalt er een kogel uit. Wilko legt de kogel klaar op het elastiek van de katapult, sluipt naar voren, trekt het elastiek achteruit en richt. Hij schiet met de kogel naar het oog.

De kogel raakt het oog precies in het midden. Het spat uit elkaar in een lichtflits. Het licht is zo fel dat de Nachtwachters hun ogen moeten dichtknijpen.

'Niet slecht...' zegt Vlad.

'Thanks', grijnst Wilko.

'... voor een weerwolf', vult Vlad aan.

Vlad glimlacht en loopt door. Wilko en Keelin volgen hem. Ze slaan de hoek om en lopen een lange gang in. Keelin steekt zoekend haar handpalm naar voren.

Wilko snuift en ruikt de aanwezigheid van Argusa. 'Die kant op.'

Keelin knikt, want zij voelt de demon met haar vooruitgestoken hand.

Samen lopen de drie richting een gesloten traliedeur. Wilko probeert de deur te openen, maar het lukt niet.

In het midden van de twee deuren hangt op ooghoogte een groot, ouderwets metalen slot met cijfers van 1 tot en met 9.

'Een codeslot', beseft Keelin.

Opeens verschijnt aan de andere kant van de traliedeur een geestesoog van Argusa.

Voor Wilko, Vlad en Keelin iets kunnen doen, schiet er een lichtstraal uit het oog van Argusa. Die verblindt hen.
Ze grijpen naar hun ogen en stappen in veiligheid, een hoek om, weg van het oog. Ze kunnen even niets zien door het felle licht.

'Dit is het einde van jullie tocht!' klinkt de stem van Argusa uit het geestesoog. 'Nog heel even en jullie vriendje Vega is niet meer te redden.'

Na die zin begint Argusa te lachen. Een onheilspellende, duivelse lach.

Omdat Wilko te erg verblind is, kan hij niet met de katapult schieten. Vlad is sneller bekomen van de felle lichtflits en neemt de katapult van hem over. Hij legt een kogel in het elastiek en schiet, maar mist. Bij een tweede poging, slaagt hij er wel in het oog te raken. Het explodeert. Opnieuw komt er een felle lichtflits vrij.

'Was het raak?' vraagt Wilko, die nog altijd wat last heeft van zijn ogen.

'Vampiers kunnen net zo goed schieten als weerwolven', zegt Vlad.

'Ik heb wel gehoord dat jij twee keer moest schieten', grijnst Wilko.
Vlad besluit daar maar niet op in te gaan.
Ze zijn hier tenslotte niet om te kibbelen.
Vlad, Keelin en Wilko rammelen aan de deur.
Die zit potdicht.
'We moeten de juiste cijfers ingeven op dat codeslot', beseft Vlad.
'Maar hoe komen we de cijfers van die code te weten?' vraagt Wilko zich af.
'Misschien is hier ergens een aanwijzing om de code te kraken?' zegt Keelin tegen haar vrienden.
De Nachtwachters kijken om zich heen. De blik van Wilko valt op een bord naast de deur waarop een rebus staat.
Hij wijst ernaar. 'Die puzzel moeten we waarschijnlijk oplossen om tot de juiste cijfers te komen', zegt hij.

Op de volgende pagina staat de oplossing.
Maar kan jij de rebus op eigen houtje oplossen voor de Nachtwacht? Veel succes!

Vlad, Wilko en Keelin bestuderen de rebus.

Wilko wijst naar de bovenste afbeelding. 'Dat is de afbeelding van een been. Min de "b". Dat is één! Het eerste cijfer is 1!'

Vlad en Keelin zijn onder de indruk van het puzzeltalent van Wilko. Dat hadden ze niet meteen in hem gezien.

'De tweede afbeelding is van een mier', zegt Vlad. '"Mier" min "m" is "ier". En "ier" plus "v" is vier! Het cijfer 4!'

Wilko wijst naar de derde afbeelding. Het is de tekening van een wolk. '"Wolk" min "r"... dat is... nee dat gaat niet!' beseft hij.

'Het gaat niet om de wolk,' zegt Keelin, 'maar om wat er uitkomt: regen! En "regen" min "r" is "egen", plus "n" is negen! Het cijfer 9!'

Vlad knikt en heeft de laatste tekening al ontcijferd. 'Het laatste cijfer is 6! Ah ja, want het is de tekening van een fles, en "fles" min "fl" plus "z" is zes!'

Keelin voert het getal in: 1. 4. 9. 6.

De deur klikt open. Yes!

Vlad, Wilko en Keelin openen de deur verder en lopen samen naar binnen.

'Kom, we moeten Vega redden', zegt Vlad.

De Nachtwachters sluipen naar een doorgang met daglicht. Wilko piept door een raam dat uitgeeft op de binnentuin van het kasteel.

Wilko snuffelt. 'Ik zie Argusa niet, maar ze is vlakbij.'

'Transformeren', zegt Vlad.

Wilko en Keelin knikken.
De drie transformeren tot het wezen dat ze werkelijk zijn. Een vampier, een weerwolf en een elf.

Ga naar pagina 76.

Hoofdstuk 9

Op weg met de Radiantlamp

Vlad pakt de Radiantlamp en steekt die onder zijn jas. Samen met Keelin en Wilko betreedt hij het kasteel. Ze lopen door een donkere, vervallen gang. Spinnenwebben hangen aan de muren en aan het plafond.

Hier en daar staat een ridderharnas. Alles zit onder een dikke laag stof.

Keelin loopt voorop en voelt met haar hand. 'Het is daar naar rechts.'

Ze loopt door een deuropening en wil rechtsaf slaan, maar om de bocht in de gang zweeft een geestesoog van Argusa.

Keelin houdt de pas in en duikt snel terug. 'Pas op, daar is zo'n geestesoog.'

Wilko en Vlad blijven staan en drukken zich met hun rug tegen de muur. Het oog kijkt even hun kant op, maar ziet hen niet.

'Ik schakel het oog wel uit', zegt Wilko stoer.

Hij geeft het zakje met kogels aan Vlad en haalt er een kogel uit. Wilko legt de kogel klaar op het elastiek van de katapult, sluipt naar voren, trekt het elastiek achteruit en richt. Hij schiet met de kogel naar het oog.

De kogel raakt het oog precies in het midden. Het spat uit elkaar in een lichtflits. Het licht is zo fel dat de Nachtwachters hun ogen moeten dichtknijpen.

'Niet slecht...' zegt Vlad.

'Thanks', grijnst Wilko.

'... voor een weerwolf', vult Vlad aan.

Vlad glimlacht en loopt door. Wilko en Keelin volgen hem. Ze slaan de hoek om en lopen een lange gang in. Keelin steekt zoekend haar handpalm naar voren.

Wilko snuift en ruikt de aanwezigheid van Argusa. 'Die kant op.'

Keelin knikt, want zij voelt de demon met haar vooruitgestoken hand.

Samen lopen de drie richting een gesloten traliedeur. Wilko probeert de deur te openen, maar het lukt niet.

In het midden van de twee deuren hangt op ooghoogte een groot, ouderwets metalen slot met cijfers van 1 tot en met 9.

'Een codeslot', beseft Keelin.

Opeens verschijnt aan de andere kant van de traliedeur een geestesoog van Argusa.

Voor Wilko, Vlad en Keelin iets kunnen doen, schiet er een lichtstraal uit het oog van Argusa. Die verblindt hen. Ze grijpen naar hun ogen en stappen in veiligheid, een hoek om, weg van het oog. Ze kunnen even niets zien door het felle licht.

'Dit is het einde van jullie tocht!' klinkt de stem van Argusa uit het geestesoog. 'Nog heel even en jullie vriendje Vega is niet meer te redden.'

Na die zin begint Argusa te lachen. Een onheilspellende, duivelse lach.

Omdat Wilko te erg verblind is, kan hij niet met de katapult schieten. Vlad is sneller bekomen van de felle lichtflits en neemt de katapult van hem over. Hij legt een kogel in het elastiek en schiet, maar mist. Bij een tweede poging, slaagt hij er wel in het oog te raken. Het explodeert. Opnieuw komt er een felle lichtflits vrij.

'Was het raak?' vraagt Wilko, die nog altijd wat last heeft van zijn ogen.

'Vampiers kunnen net zo goed schieten als weerwolven', zegt Vlad.

'Ik heb wel gehoord dat jij twee keer moest schieten', grijnst Wilko.

Vlad besluit daar maar niet op in te gaan . Ze zijn hier tenslotte niet om te kibbelen.

Vlad, Keelin en Wilko rammelen aan de deur. Die zit potdicht.

'We moeten de juiste cijfers ingeven op dat codeslot', beseft Vlad.

'Maar hoe komen we de cijfers van die code te weten?' vraagt Wilko zich af.

'Misschien is hier ergens een aanwijzing om de code te kraken?' zegt Keelin tegen haar vrienden.

De Nachtwachters kijken om zich heen. De blik van Wilko valt op een bord naast de deur waarop een rebus staat. Hij wijst ernaar. 'Die puzzel moeten we waarschijnlijk oplossen om tot de juiste cijfers te komen', zegt hij.

Op de volgende pagina staat de oplossing.
Maar kan jij de rebus op eigen houtje oplossen voor de Nachtwacht? Veel succes!

Vlad, Wilko en Keelin bestuderen de rebus.

Wilko wijst naar de bovenste afbeelding. 'Dat is de afbeelding van een been. Min de "b". Dat is één! Het eerste cijfer is 1!'

Vlad en Keelin zijn onder de indruk van het puzzeltalent van Wilko. Dat hadden ze niet meteen in hem gezien.

'De tweede afbeelding is van een mier', zegt Vlad. '"Mier" min "m" is "ier". En "ier" plus "v" is vier! Het cijfer 4!'

Wilko wijst naar de derde afbeelding. Het is de tekening van een wolk. '"Wolk" min "r"... dat is... nee dat gaat niet!' beseft hij.

'Het gaat niet om de wolk,' zegt Keelin, 'maar om wat er uitkomt: regen! En "regen" min "r" is "egen", plus "n" is negen! Het cijfer 9!'

Vlad knikt en heeft de laatste tekening al ontcijferd. 'Het laatste cijfer is 6! Ah ja, want het is de tekening van een fles, en "fles" min "fl" plus "z" is zes!'

Keelin voert het getal in: 1. 4. 9. 6.

De deur klikt open. Yes!

Vlad, Wilko en Keelin openen de deur verder en lopen samen naar binnen.

'Kom, we moeten Vega redden', zegt Vlad.

De Nachtwachters sluipen naar een doorgang met daglicht. Wilko piept door een raam dat uitgeeft op de binnentuin van het kasteel.

Wilko snuffelt. 'Ik zie Argusa niet, maar ze is vlakbij.'

'Transformeren', zegt Vlad.

Wilko en Keelin knikken.
De drie transformeren tot het wezen dat ze werkelijk zijn. Een vampier, een weerwolf en een elf.

! Ga naar pagina 86

Hoofdstuk 10

De vraag van Vega

Wilko, Keelin en Vlad sluipen de binnenplaats op. Een nevel drijft over de grond die met onkruid is begroeid. Hier en daar staan oude, vervallen zuilen, maar ook lage, verbrokkelde muurtjes en halfvergane poortjes. Tegen een van de zuilen leunt een skelet. Het skelet draagt een helm.

Verderop tussen de zuilen brandt een vuur. Op een lage zuil voor het vuur ligt een boek.

Wilko wijst ernaar. 'Daar. Zou Vega in dat boek zitten?'

Keelin voelt met haar hand. 'Ja, ik voel zijn energie.'

Vlad ziet een schim tevoorschijn komen uit de mist. 'Pas op!' waarschuwt hij.

De drie Nachtwachters duiken weg achter een vervallen muurtje.

Ze piepen voorzichtig om het hoekje en zien wie bij het vuur staat: Argusa! Het jonge, vrouwelijke wezen met lange rode haren is een demon. Haar ogen zijn bedekt met een zwart masker. In het midden van elke handpalm groeit een oog. Op haar hoofd draagt ze een rare kroon. Uit de vreemde outfit groeien op haar rug stalen vleugels. Argusa ziet er wel heel erg griezelig uit.

Argusa kijkt even de richting uit van de verborgen Nachtwachters, maar merkt hen niet op. De demon draait zich met haar rug naar de Nachtwacht toe en richt zich tot Vega in het boek.

'Wat denk je?' vraagt ze aan Vega. 'Zou het je jonge helpertjes eindelijk gelukt zijn om het hier te vinden?'

Vega bevindt zich in het boek in een getekende gevangenis met tralies. Hij zit achter slot en grendel!

'Reken maar dat ze eraan komen. En dan sturen ze jou terug naar waar je thuishoort', zegt Vega strijdvaardig.

Maar hij beseft dat zijn situatie allesbehalve rooskleurig is.
'Dat is jou anders ook niet gelukt', zegt Argusa, verwijzend naar zoveel jaar geleden toen Vega bij een voormalige Nachtwacht zat. Die Nachtwacht slaagde er toen wel in om Argusa te verjagen, maar niet om haar naar Het Duistere Hart te sturen.
'Kom', zegt Vlad. 'We doen een ad inferos voordat ze weer deze kant opkijkt!'
De Nachtwachters komen voorzichtig vanachter het muurtje en richten hun voorwerpen.
Maar Argusa voelt hen in haar rug en grijnst naar Vega. 'Oh, ze zijn er. Eindelijk. Het eindspelletje kan beginnen!' fluistert ze.
Vega wil de Nachtwacht verwittigen. 'Keelin, Vlad, Wilko, pas op, ze weet…' Maar verder geraakt hij niet, want Argusa klapt het boek dicht en verdwijnt snel tussen de zuilen.
Vlad, Wilko en Keelin hebben nu geen zicht meer op Argusa.
'Als we haar niet zien, kunnen we haar niet wegsturen', zegt Keelin.

Wilko snuift en wijst een bepaalde richting uit.
'Ze zit daar ergens. We sluipen naar haar toe.'
Wilko wil zich al in beweging zetten, maar Vlad houdt hem tegen en trekt zijn vrienden meteen terug achter het muurtje.
'Nee, als ze ons opmerkt en in onze ogen kijkt, verstenen we meteen.'
'We moeten haar aandacht trekken zodat ze tevoorschijn komt. Maar zonder dat ze ons ziet', stelt Keelin voor.
Wilko krijgt meteen een idee door wat Keelin zegt. Hij haalt de katapult boven. 'Hier zal ze wel op reageren!'

Hij schiet met een steentje naar het skelet met de helm dat tegen een zuil leunt. Raak! Het steentje werpt het skelet omver. Het skelet en de helm vallen op de grond. Boink!

'Zet je klaar. Kom!' zegt Vlad.

Wilko, Keelin en Vlad komen vanachter het muurtje en richten hun voorwerpen naar voren.

'Wacht eens... ze is daar niet meer', voelt Keelin aan. Keelin draait zich om. 'Ze is...'

Op dat moment duikt Argusa op vanachter een zuil achter hen. 'Boeh!'

De Nachtwachters schrikken.

De demon houdt haar handen voor haar geblinddoekte ogen. Haar handpalmen zijn naar de Nachtwachters gericht.

De ogen in haar handpalmen zijn nu ter hoogte van de plaats waar de ogen in haar hoofd zitten. De ogen in de handpalmen kijken de Nachtwachters aan.

Argusa sist en de ogen in haar handpalmen lichten op. Er schiet een krachtgolf uit.

Vlad, Wilko en Keelin kunnen net op tijd wegduiken achter een muurtje. De krachtgolf mist hen op een haar na. Bijna waren ze versteend.

'Dat was schrikken, hè?' grijnst Argusa. 'De Nachtwacht. Door zoveel wezens gevreesd. Ik vraag me af waarom. Jullie zijn met open ogen in mijn val getrapt. Het ging me helemaal niet om Vega, maar om jullie. Om jullie magische voorwerpen, om precies te zijn. Jullie kwamen als schoothondjes achter hem aangehold, precies wat ik dacht. Nu hoef ik jullie enkel nog te verstenen, en jullie symbolen zijn van mij. Met die kracht word ik oppermachtig!'

Keelin, Wilko en Vlad kijken elkaar aan. Wat kunnen ze doen?

Keelin maakt aanstalten om vanachter het muurtje te stappen.

Vlad houdt haar tegen. 'Wat ga je doen?'

'Een bevriesspreuk.'

Vlad aarzelt even, maar knikt dan omdat hij ook niet weet wat ze anders zouden kunnen doen.

Keelin duikt vanachter het muurtje tevoorschijn, haalt elfenstof uit haar haren en wil haar bevriesspreuk uitspreken.

'Rige...'

Maar Keelin stopt meteen omdat Argusa daar niet meer staat. Keelin hoort gelach achter zich. Geschrokken draait ze zich om. Daar staat Argusa, enkele meters van haar verwijderd. Argusa houdt haar ooghanden voor haar gezicht en kijkt er Keelin mee in de ogen. De ogen in de handpalmen van Argusa lichten op en er komt een schokgolf uit.

De golf raakt Keelin. Haar ogen lichten ook even op en dan versteent ze. Ze blijft in exact dezelfde positie staan, maar de spreuk zal ze nooit kunnen vervolledigen.

Wilko en Vlad zien het vanachter het muurtje gebeuren.

'Keelin!' schreeuwt Wilko.

Wilko springt meteen recht en rent op Argusa af om haar te overmeesteren.

'Néé!' schreeuwt Vlad. Maar te laat! Wilko is al vertrokken!

Wilko maakt een grote wolvensprong richting Argusa. Maar hij geraakt niet tot bij haar, want de ogen in haar handpalmen lichten weer op en stralen opnieuw een schokgolf uit. De golf raakt Wilko wanneer hij door de lucht vliegt. Hij valt op de grond, waar hij versteend blijft liggen.

Vlad ziet Argusa rustig zijn kant opkomen.
Met vampiersnelheid rent hij naar een andere schuilplaats.
Hij houdt halt achter aan zuil.

Wat kan hij doen?

Plots denkt hij aan de boemerang. Hij haalt die uit zijn jas.

Vlad komt met vampiersnelheid tevoorschijn en gooit de boemerang richting Argusa. Maar die is verdwenen.
De boemerang vliegt met grote snelheid terug naar Vlad, die hem vangt.

'Gemist!' grinnikt Argusa, die plots enkele meters van hem vandaan opduikt. Argusa houdt haar handen voor haar gezicht en sist. Haar handogen lichten op.

Vlad vertrekt net op tijd met vampiersnelheid. De schokgolf mist hem op een haar na. Vlad duikt weg achter een andere zuil, niet ver vanwaar het boek met Vega ligt.

Argusa stapt langzaam naar Vlad toe, klaar om hem te verstenen. 'Je snelheid zal je niet lang redden, vampiertje.'

Vlad denkt koortsachtig na en gooit dan de boemerang naar het boek van Vega. De boemerang slaat het boek open en valt op de grond.

'Vega!'

Vega kijkt verbaasd op uit het boek. 'Vlad, wat gebeurt er?'

'Argusa heeft Wilko en Keelin versteend. En ze kan ook mij elk moment ver...'

Nog voor Vlads zin af is, duikt Argusa op achter Vega's boek. Ze versteent Vlad met haar blik. Haar ogen lichten op.
Dat is het laatste wat Vlad ziet. En een schokgolf is het laatste wat hij voelt. Vanaf dan kan hij zich niet meer bewegen.

Vega ziet het met schrik in het hart gebeuren. 'O nee!'

Argusa lacht triomfantelijk en richt zich tot Vega. 'De kracht van de Nachtwacht is bijna van mij.' Argusa wijst naar het vuur. 'En het eerste wat ik daarna doe, is dat boek verbranden, met jou erin.'

'Argusa! Stop hiermee!' smeekt Vega. 'De Nachtwacht moet de mensen beschermen!'

'Mensen?' Argusa doet alsof ze kokhalst. 'Alsof die lage soort wezens mij ook maar iets kan schelen.'

Argusa loopt naar de versteende Vlad en trekt de ring van zijn vinger.

Daarna gaat ze naar de versteende Wilko. Ze neemt zijn armband af. Als laatste komt Keelin aan de beurt. Argusa neemt haar ketting af.

Vega beseft dat dit het einde is van de Nachtwacht.... Tenzij...

Beste lezer,

ik richt me nu even tot jou. Niet schrikken. Ik kan jou bereiken omdat ik als boekengeest contact kan leggen met andere boeken. En dus ook met het boek dat je nu leest. Het is aan jou om iets te doen! Jij bent de enige die Argusa kan stoppen! Via een magische spreuk, kan ik jou de kracht geven van een van deze twee wezens: de Mummie of het Panterwezen. De kracht van de Mummie is om windels af te schieten. De kracht van het Panterwezen is om iemand te veranderen in een kat. Kies welke kracht je wil en probeer zo Argusa te verslaan! Terwijl jij de kracht inzet, probeer ik Vlad, Keelin en Wilko tot leven te brengen. Succes! Mijn oprechte en eeuwige dank!

Met geestige groet,
Vega.

Weet je nog welke kracht je gekozen had op pagina 13? Kies wijs!

De mummie

Kies je de kracht van de Mummie, ga dan naar pagina 96

De panterwezen

Kies je de kracht van het Panterwezen, ga dan naar pagina 98

De kracht van de Tijdrover helpt je nu niks verder, want dan ga je enkel terug in de tijd en begint het verhaal gewoon helemaal terug opnieuw.

Hoofdstuk 11

De vraag van Keelin

Wilko, Keelin en Vlad sluipen de binnenplaats op. Een nevel drijft over de grond die met onkruid is begroeid. Hier en daar staan oude, vervallen zuilen, maar ook lage, verbrokkelde muurtjes en halfvergane poortjes. Tegen een van de zuilen leunt een skelet. Het skelet draagt een helm.

Verderop tussen de zuilen brandt een vuur. Op een lage zuil voor het vuur ligt een boek.

Wilko wijst ernaar. 'Daar. Zou Vega in dat boek zitten?'

Keelin voelt met haar hand. 'Ja, ik voel zijn energie.'

Vlad ziet een schim tevoorschijn komen uit de mist.
'Pas op!' waarschuwt hij.

De drie Nachtwachters duiken weg achter een vervallen muurtje.

Ze piepen voorzichtig om het hoekje en zien wie bij het vuur staat: Argusa! Het jonge, vrouwelijke wezen met lange rode haren is een demon. Haar ogen zijn bedekt met een zwart masker. In het midden van elke handpalm groeit een oog. Op haar hoofd draagt ze een rare kroon. Uit de vreemde outfit groeien op haar rug stalen vleugels. Argusa ziet er wel heel erg griezelig uit.

Argusa kijkt even de richting uit van de verborgen Nachtwachters, maar merkt hen niet op. De demon draait zich met haar rug naar de Nachtwacht toe en richt zich tot Vega in het boek.

'Wat denk je?' vraagt ze aan Vega. 'Zou het je jonge helpertjes eindelijk gelukt zijn om het hier te vinden?'

Vega bevindt zich in het boek in een getekende gevangenis met tralies. Hij zit achter slot en grendel!

'Reken maar dat ze eraan komen. En dan sturen ze jou terug naar waar je thuishoort', zegt Vega strijdvaardig.

Maar hij beseft dat zijn situatie allesbehalve rooskleurig is.

'Dat is jou anders ook niet gelukt', zegt Argusa, verwijzend naar zoveel jaar geleden toen Vega bij een voormalige Nachtwacht zat. Die Nachtwacht slaagde er toen wel in om Argusa te verjagen, maar niet om haar naar Het Duistere Hart te sturen.

'Kom', zegt Vlad. 'We doen een ad inferos voordat ze weer deze kant opkijkt!'

De Nachtwachters komen voorzichtig vanachter het muurtje en richten hun voorwerpen.

Maar Argusa voelt hen in haar rug en grijnst naar Vega. 'Oh, ze zijn er. Eindelijk. Het eindspelletje kan beginnen!' fluistert ze.

Vega wil de Nachtwacht verwittigen. 'Keelin, Vlad, Wilko, pas op, ze weet...' Maar verder geraakt hij niet, want Argusa klapt het boek dicht en verdwijnt snel tussen de zuilen.

Vlad, Wilko en Keelin hebben nu geen zicht meer op Argusa.

'Als we haar niet zien, kunnen we haar niet wegsturen', zegt Keelin.

Wilko snuift en wijst een bepaalde richting uit.

'Ze zit daar ergens. We sluipen naar haar toe.'

Wilko wil zich al in beweging zetten, maar Vlad houdt hem tegen en trekt zijn vrienden meteen terug achter het muurtje.

'Nee, als ze ons opmerkt en in onze ogen kijkt, verstenen we meteen.'

'We moeten haar aandacht trekken zodat ze tevoorschijn komt. Maar zonder dat ze ons ziet', stelt Keelin voor.

Wilko krijgt meteen een idee door wat Keelin zegt. Hij haalt de katapult boven. 'Hier zal ze wel op reageren!'

Hij schiet met een steentje naar het skelet met de helm dat tegen een zuil leunt. Raak! Het steentje werpt het skelet omver. Het skelet en de helm vallen op de grond. Boink!

'Zet je klaar. Kom!' zegt Vlad.

Wilko, Keelin en Vlad komen vanachter het muurtje en richten hun voorwerpen naar voren.

'Wacht eens... ze is daar niet meer', voelt Keelin aan. Keelin draait zich om. 'Ze is...'

Op dat moment duikt Argusa op vanachter een zuil achter hen. 'Boeh!'

De Nachtwachters schrikken.

De demon houdt haar handen voor haar geblinddoekte ogen. Haar handpalmen zijn naar de Nachtwachters gericht.

De ogen in haar handpalmen zijn nu ter hoogte van de plaats waar de ogen in haar hoofd zitten. De ogen in de handpalmen kijken de Nachtwachters aan.

Argusa sist en de ogen in haar handpalmen lichten op. Er schiet een krachtgolf uit.

Vlad, Wilko en Keelin kunnen net op tijd wegduiken achter een muurtje. De krachtgolf mist hen op een haar na. Bijna waren ze versteend.

'Dat was schrikken, hè?' grijnst Argusa. 'De Nachtwacht. Door zoveel wezens gevreesd. Ik vraag me af waarom. Jullie zijn met open ogen in mijn val getrapt. Het ging me helemaal niet om Vega, maar om jullie. Om jullie magische voorwerpen, om precies te zijn. Jullie kwamen als schoothondjes achter hem aangehold, precies wat ik dacht. Nu hoef ik jullie enkel nog te verstenen, en jullie symbolen zijn van mij. Met die kracht word ik oppermachtig!'

Keelin, Wilko en Vlad kijken elkaar aan. Wat kunnen ze doen?

Keelin krijgt plots een ingeving. 'We kunnen haar verblinden', zegt ze.

'Ah ja, met die lamp!' beseft Vlad.

Vlad haalt de lamp uit zijn jas.
Keelin knikt. 'Ja, dat is een Radiantlamp, die is superfel.'
Wilko vindt het een uitstekend idee, pakt de lamp af van Vlad, maakt een wolvensprong over het muurtje en knipt de lamp aan.

Er komt een superfel licht uit de bol. Maar Argusa staat niet meer op de plaats van daarnet.
Wilko hoort gelach achter zich. Geschrokken draait hij zich om. Daar staat Argusa, enkele meters van hem verwijderd.

Argusa kijkt Wilko in de ogen. Een witte gloed komt uit de ogen in de handpalmen van Argusa. De gloed dringt de ogen van Wilko binnen.
Hij voelt een schokgolf.
Wilko versteent.
De lamp valt uit zijn hand.

Keelin en Vlad zien het met schrik in de ogen vanachter het muurtje gebeuren.

'Wilko!' zegt Keelin angstig.

Vlad maakt zich onzichtbaar, raapt de lamp op en snelt ermee weg.

Argusa maakt van de gelegenheid gebruik om op Keelin af te komen. Ze houdt haar handen voor haar gezicht, klaar om Keelin te verstenen, maar Vlad duikt op en schijnt met de zaklamp in Argusa's ogen.

Verblind deinst de demon achteruit. 'Whaaah!!!'

Vlad richt zich tot Keelin. 'Met ons tweetjes kunnen we haar niet wegsturen. We hebben Wilko nodig.'

'Ik bevries haar!' zegt Keelin.

Keelin wil haar bevriesspreuk uitspreken. 'Rige...'

Maar Argusa, die nog steeds half verblind is, strekt haar hand. Uit het oog in haar handpalm schiet een magische lichtstraal naar Keelin toe. Keelin krijgt de kracht recht op zich en vliegt enkele meters achteruit. Ze blijft versuft liggen.

Vlad kijkt verschrikt op. 'Keelin!'

Maar Keelin reageert niet.

Argusa doet haar handen voor haar gezicht en stuurt een schokgolf naar Vlad. Die kan niet meer op tijd wegduiken en wordt er volop door getroffen. De golf versteent Vlad. De lamp valt uit zijn handen en dooft.

Keelin ligt nog steeds uitgeteld op de grond.

Argusa grijnst triomfantelijk. 'De kracht van de Nachtwacht is van mij!'

De demon trekt de ring van Vlads vinger. Dan stapt ze naar de bewusteloze Keelin en pakt haar ketting. Als laatste gaat ze naar de versteende Wilko. Ze neemt zijn armband af.

Met de drie symbolen loopt Argusa naar het vuur. Ze legt ze op een offersteen.

Ondertussen komt Keelin even bij bewustzijn. Ze sluit haar ogen weer en stuurt met haar gedachten een boodschap.

Beste lezer, wees niet bang.

Ik ben het. Keelin. Ik spreek jou toe via gedachten. Als alles goed gaat, kan je mijn gedachten lezen in jouw boek. Ik richt me tot jou omdat jij de enige bent die ons nog kan helpen.
De enige die Argusa kan stoppen, ben jij!
Via een elfenspreuk kan ik jou de kracht geven van een van deze twee wezens: de Mummie of het Panterwezen.
De kracht van de Mummie is om windels af te schieten.
De kracht van het Panterwezen is om iemand te veranderen in een kat. Kies welke kracht je wil en probeer zo Argusa te verslaan! Terwijl jij de kracht inzet, probeer ik Vlad en Wilko tot leven te brengen.
Bedankt, lieve lezer. Succes! De Nachtwacht en heel het Elfenrijk zullen jou voor altijd dankbaar zijn!

Weet je nog welke kracht je gekozen had op pagina 13? Kies wijs!

De mummie

!

Kies je de kracht van de Mummie, ga dan naar pagina 96

De panterwezen

Kies je de kracht van het Panterwezen, ga dan naar pagina 98

De kracht van de Tijdrover helpt je nu niks verder, want dan ga je enkel terug in de tijd en begint het verhaal gewoon helemaal terug opnieuw.

Hoofdstuk 12

De kracht van de mummie

Argusa legt de Nachtwacht-symbolen op een offersteen. Ze stapt naar het boek van Vega en bladert er even genoegzaam door. Daarna gaat ze terug naar de pagina van Vega, die nog steeds in de cel vastzit.

'En nu ben jij aan de beurt, mislukt baasje', zegt ze.
Vega is in paniek. 'Nee, nee, doe dat niet!'
Argusa pakt het boek, klaar om het in het vuur te gooien. 'Je zal het niet meer koud hebben. Vaarwel!'

Maar net wanneer ze het boek wil gooien, voelt Argusa iemand. Ze kijkt om zich heen, maar er is niemand te bespeuren. 'Huh?'

Plots schieten er vanuit het niets windels op haar af. De windels wikkelen zich om Argusa.

Hoe kan dit? Welke duivelse geest valt haar aan met windels? Een onzichtbare aanwezigheid ja, maar het is geen geest, dat voelt ze. Het woord 'LEZER' duikt op in haar hoofd, maar ze heeft er geen idee van wat het woord betekent.

Argusa wordt helemaal ingepakt door de windels.

Het boek glipt uit haar handen en valt op de grond.

Argusa zit volledig vast en kan geen kant meer op. 'Nééééé!' schreeuwt ze.

* Lees verder op pagina 100 als je op vraag van Vega hebt geholpen

* Lees verder op pagina 106 als je op vraag van Keelin hebt geholpen

Hoofdstuk 13

De kracht van het panterwezen

Argusa legt de Nachtwacht-symbolen op een offersteen. Ze stapt naar het boek van Vega en bladert er even genoegzaam door. Daarna gaat ze terug naar de pagina van Vega, die nog steeds in de cel vastzit.

'En nu ben jij aan de beurt, mislukt baasje', zegt ze.
Vega is in paniek. 'Nee, nee, doe dat niet!'
Argusa pakt het boek, klaar om het in het vuur te gooien.
'Je zal het niet meer koud hebben. Vaarwel!
'

Maar net wanneer ze het boek wil gooien, voelt Argusa iemand. Ze kijkt om zich heen, maar er is niemand te bespeuren. 'Huh?'

Een gloed komt uit het niets. De gloed vangt Argusa. Door de plotse impact laat Argusa Vega's boek op de grond vallen. Als gevolg van de gloed voelt de demon zich plots kleiner worden. Veel kleiner. Argusa wil iets zeggen, maar er klinkt enkel een 'miauw' uit haar mond. Iets of iemand heeft haar in een kat veranderd!

Hoe kan dat? Welke duivelse geest heeft dat gedaan? Een onzichtbare aanwezigheid ja, maar het is geen geest, dat voelt ze. Het woord 'LEZER' duikt op in haar hoofd, maar ze heeft er geen idee van wat het woord wil zeggen.

Argusa beseft dat ze als kat niets meer kan doen en loopt miauwend weg.

* Lees verder op pagina 102 als je op vraag van Vega hebt geholpen
* Lees verder op pagina 110 als je op vraag van Keelin hebt geholpen

Hoofdstuk 14

Het geheim

Ondertussen heeft Vega de Nachtwacht weer tot leven gebracht. Vlad, Wilko en Keelin hebben elk hun symbool terug gepakt. Samen hebben ze het boek van Vega weer op de zuil geplaatst.

'Hoe heb je ons kunnen redden, Vega?' vraagt Vlad.

'Dat is mijn geheim', zegt Vega.

'Bedankt, Vega!' zegt Wilko.

'Je moet mij niet bedanken', zegt Vega geheimzinnig. 'Via mijn boek kan ik andere boeken binnendringen en zo heb ik iemand om hulp gevraagd.'

'Bedank diegene dan maar om Argusa te stoppen', zegt Vlad.

'Ja, die zou ook bij de Nachtwacht moeten komen', vindt Wilko.

'Absoluut', beaamt Keelin. 'En zullen we dan nu het klusje maar afmaken?'

Vlad, Wilko en Keelin richten hun symbolen op Argusa, die volledig in windels is ingepakt.

'Ad inferos!'

Argusa lijkt weg te smelten en verdwijnt krijsend naar de Onderwereld.

Vega is blij dat de Nachtwacht er nog altijd is om de mensen te beschermen. Ook Wilko, Vlad en Keelin zijn opgelucht dat alles goed is afgelopen.

De Nachtwacht heeft gewonnen. Dankzij JOU! Super! Argusa zit voor altijd in Het Duistere Hart!
Tot een volgend avontuur!

Wil je het avontuur nog eens opnieuw beleven, maar met een andere Nachtwachter op pad gaan, kies dan NU de kracht van de tijdrover en ga terug naar pagina 29

Hoofdstuk 15

De kat is weg

Ondertussen heeft Vega de Nachtwacht weer tot leven gebracht. Vlad, Wilko en Keelin zien nog net de kat weglopen.

'Die is weg', zegt Keelin. 'Nu kunnen we geen ad inferos doen.'

'Voorlopig dan', zegt Wilko. 'We krijgen haar nog wel te pakken!'

Vlad zet Vega's boek terug op de zuil. 'Alles in orde Vega?'

'Gelukkig wel.'

De Nachtwachters pakken elk hun symbool terug.
'Hoe heb je ons kunnen redden, Vega?' vraagt Keelin.
'Ja, hoe heb je Argusa in die kat kunnen veranderen?' vraagt Vlad zich af.
'Dat is mijn geheim', zegt Vega.
'Bedankt, Vega!' zegt Wilko.
'Je moet mij niet bedanken', zegt Vega geheimzinnig. 'Via mijn boek kan ik andere boeken binnendringen en zo heb ik iemand om hulp gevraagd.'

'Bedank diegene dan maar om Argusa in een kat te veranderen', zegt Vlad.
'Ja, die zou ook bij de Nachtwacht moeten komen', vindt Wilko.
'Absoluut', beaamt Keelin.
Wilko, Vlad en Keelin zijn opgelucht dat Argusa is verjaagd, maar ze zouden haar toch graag te pakken krijgen om haar met een ad inferos naar Het Duistere Hart te sturen.

* Wil je nog eens op avontuur met de Nachtwacht om Argusa te proberen verslaan? Start dan opnieuw met lezen op pagina 10. Succes!

* Uiteraard kan je dit keer ook met een andere Nachtwachter op pad gaan, kies dan NU de kracht van de tijdrover en ga terug naar pagina 29.

Hoofdstuk 16

Elfenpraat

Ondertussen heeft Keelin Wilko en Vlad weer tot leven gebracht. De Nachtwachters hebben elk hun symbool teruggepakt. Samen hebben ze het boek van Vega weer op de zuil geplaatst.

'Hoe heb je Argusa kunnen inwindelen, Keelin?' vraagt Vlad.

'Via een elfenspreuk heb ik de hulp van iemand ingeroepen', zegt Keelin.

'Van wie dan?' vraagt Wilko.

'Ik heb niemand gezien', zegt Vlad.
'Dat is moeilijk uit te leggen', zegt Keelin. 'Het is een soort van Hogere Kracht. Hij wordt De Lezer genoemd.'
'Ik snap niets van jouw elfenpraat', zegt Wilko.
'Ik moet eerlijk toegeven dat ik ook niet kan volgen', geeft Vlad toe.
Vega lacht geheimzinnig. Hij heeft wel een idee wat Keelin heeft gedaan.
'Bedank die geheime helper maar', zegt Wilko.
'Ja', vult Vlad aan. 'Misschien kan die ooit lid worden van de Nachtwacht.'
'Misschien wel', zegt Keelin. 'En? Zullen we dan nu het klusje maar afmaken?'
Vlad en Wilko knikken. De Nachtwachters richten hun symbolen op Argusa, die volledig in windels is ingepakt.
'Ad inferos!'

Argusa lijkt weg te smelten en verdwijnt krijsend naar de Onderwereld.
Vega is blij dat de Nachtwacht kan blijven bestaan om de mensen te beschermen.

Ook Wilko, Vlad en Keelin zijn opgelucht dat alles goed is afgelopen.

De Nachtwacht heeft gewonnen. Dankzij JOU! Super! Argusa zit voor altijd in Het Duistere Hart!

Tot een volgend avontuur!

Wil je het avontuur nog eens opnieuw beleven, maar met een andere Nachtwachter op pad gaan, kies dan NU de kracht van de tijdrover en ga terug naar pagina 29.

Hoofdstuk 17

Het avontuur gaat verder

Ondertussen heeft Keelin Wilko en Vlad weer tot leven gebracht. De Nachtwachters zien nog net een kat weglopen.

Samen zetten ze het boek van Vega weer op de zuil.

'Die kat is weg', zegt Vega. 'Nu kunnen jullie geen ad inferos doen.'

'Voorlopig dan', zegt Wilko. 'We krijgen haar nog wel te pakken!'

'Alles in orde, Vega?' vraagt Vlad.

'Gelukkig wel.'

Wilko, Vlad en Keelin pakken elk hun symbool.
'Hoe heb je Argusa in een kat kunnen veranderen, Keelin?' vraagt Vlad.
'Via een elfenspreuk heb ik de hulp van iemand ingeroepen', zegt Keelin.
'Van wie dan?' vraagt Wilko.
'Ik heb niemand gezien', zegt Vlad.
'Dat is moeilijk uit te leggen', zegt Keelin. 'Het is een soort van Hogere Kracht. Hij wordt De Lezer genoemd.'
'Ik snap niets van jouw elfenpraat', zegt Wilko.
'Ik moet eerlijk toegeven dat ik ook niet kan volgen', geeft Vlad toe.
Vega lacht geheimzinnig. Hij heeft wel een idee wat Keelin heeft gedaan.
'Bedank diegene dan maar om Argusa in een kat te veranderen', zegt Vlad.
'Ja, diegene die geholpen heeft, zou ook bij de Nachtwacht moeten komen', vindt Wilko.
'Absoluut', beaamt Keelin.
Wilko, Vlad en Keelin zijn opgelucht dat Argusa verjaagd is, maar ze zouden haar toch graag te pakken krijgen om haar met een ad inferos naar Het Duistere Hart te sturen.

* Wil je nog eens op avontuur met de Nachtwacht om Argusa te proberen verslaan? Start dan opnieuw met lezen op pagina 10. Succes!

* Uiteraard kan je dit keer ook met een andere Nachtwachter op pad gaan, kies dan NU de kracht van de tijdrover en ga terug naar pagina 29.

Je hebt niet het boek met het juiste symbool gekozen.
Dit boek gaat over:

De Metentis

Ga terug naar pagina 22 en vind het juiste boek om op de juiste pagina te belanden!

Je hebt niet het boek met het juiste symbool gekozen.
Dit boek gaat over:

De Spelduivel

Ga terug naar pagina 22 en vind het juiste boek om op de juiste pagina te belanden!

Kappa
Pegasus
Eet geen mensenvlees
Draak
Gek op mensenvlees
Basilisk
Barometz

Vuurvogel
Farao
Faun
Yeti
Eet soms mensenvlees